POLAR SLUMBER
SUEÑO POLAR

By / por Dennis Rockhill
Translated by / Traducido por Eida de la Vega

To my very special snow angels
Autumn, Holly and Sue

Rockhill, Dennis.

Polar slumber = Sueño polar / by/por Dennis Rockhill ; traducción
Al español de Eida de la Vega. — 1st ed. — Green Bay, WI :
Raven Tree Press, 2004.

p. cm.

Audience: All ages
Text in English and Spanish.
SUMMARY: A backyard snow bear becomes an integral part of
a little girl's slumber. She explores the arctic landscape in the
bear's company and awakens to question the authenticity of the
experience. Was her excursion fantasy or reality?

ISBN: 0-9724973-1-5
1. Snow (Polar bear)—Juvenile fiction. 2. Polar bear—Juvenile
Fiction. 3. Dreams—Juvenile fiction. 4. Fantasy—Juvenile fiction. 5.
Bilingual books. 6. [Fantasy]. I. Vega, Eida de la. II. Title. III.
Sueño polar.

PZ7.R634 2005   2003092184
[E]—dc21   0501

Printed in China
10 9 8 7 6 5 4 3

Raven Tree Press LLC
www.raventreepress.com

Wordless picture books and picture books with limited words are both beautiful *and* useful. They help children develop language, creative thinking and enhance future reading and writing skills. Using wordless picture books, children learn that reading follows a left-to-right pattern. They learn that stories generally have a beginning, a middle section and an ending. They also learn to identify details, see cause and effect, make judgements and draw conclusions. All this from a book with few, if any, words!

Author's Notes For Using *Polar Slumber / Sueño polar*

1. Slowly page through *Polar Slumber / Sueño polar* having the child tell you what they think is going on in each large, colored picture. Take your time and allow the child to notice details along the way. This builds vocabulary, comprehension, communication skills, and sparks creativity and imagination.

2. Using the same method, use the small black and white pictures on each page to elaborate on the story or make up a story using *only* the black and white pictures.

3. Page through the book again and tell your child what *you* think might be happening in the story, building on some of their ideas or creating an entirely new version of your own. Do the same with the small black and white pictures.

4. Read the author's poem, *Polar Slumber / Sueño polar,* to set the mood and tone of the story. Ask your child what parts of the author's poem are shown in the pictures. What is left out? Is the author's story comparable to the one your child told? To the one you told? In what ways are they similar? How are they different?

5. Learning from context—Find words in the author's poem that may be unfamiliar to your child and ask him (or her) what he (or she) thinks the word means. Look up the words in a dictionary together.

6. Identify the various animals in *Polar Slumber / Sueño polar*. Research the habitat and interesting facts about your child's favorite animal in the story.

7. Find the Arctic and Polar Regions on a globe or map and read about these areas online or in reference books or magazines.

8. Research the Northern Lights.

9. Have your child make up their own wordless picture book (crayons, paints, colored pencils) and use their drawings to tell their own story.

Los libros ilustrados sin palabras o con un número limitado de ellas son, al mismo tiempo, bellos y útiles. Ayudan a los niños a desarrollar el lenguaje, el pensamiento creativo, y mejoran las habilidades para leer y escribir. Utilizar libros ilustrados sin palabras ayuda a los niños a practicar una progresión de izquierda a derecha que fluye naturalmente mientras cuentan la historia, y los prepara para cuando comiencen a leer palabras. Así descubren que los cuentos, por lo general, tienen principio, parte del medio y final. También aprenden a identificar detalles, ver causa y efecto, hacer juicios y sacar conclusiones. ¡Y todo esto con un libro que tiene pocas o ningunas palabras!

Notas del autor para utilizar *Polar Slumber/ Sueño polar*

1. Pase las páginas de *Polar Slumber/ Sueño polar*, lentamente, de modo que el niño pueda decir qué sucede en cada una de las ilustraciones a color. Tómese su tiempo y permita que el niño vaya dándose cuenta de los detalles. Así se forman el vocabulario, la comprensión, las habilidades para la comunicación y se desarrollan la creatividad y la imaginación.

2. Siguiendo el mismo método, utilice las pequeñas ilustraciones en blanco y negro para desarrollar la historia o invente una historia utilizando sólo las ilustraciones en blanco y negro.

3. Pase las páginas del libro de nuevo y dígale a su hijo qué usted cree que pueda estar pasando en la historia, basándose en algunas de las ideas del niño o creando una versión completamente nueva. Haga lo mismo con las ilustraciones en blanco y negro.

4. Lea el poema *Polar Slumber/ Sueño polar*, para establecer el ambiente y el tono de la historia. Pregunte a su hijo qué partes del poema se muestran en las ilustraciones. ¿Qué no se muestra? ¿Es la historia que cuenta el autor parecida a la que contó su hijo? ¿A la que usted contó? ¿En qué se parecen? ¿En qué se diferencian?

5. Aprendiendo del contexto: Busque en el poema palabras que su hijo no conozca y pregúntele qué cree que significan. Busquen juntos las palabras en el diccionario.

6. Identifique los diferentes animales de *Polar Slumber/ Sueño polar*. Investigue sobre el hábitat y otros datos interesantes del animal que más le guste a su hijo de los que aparecen en la historia.

7. Localice las regiones polares en un mapa o globo terráqueo, y lea sobre estas áreas en la Internet o en libros de referencia y revistas.

8. Busque información sobre las auroras boreales.

9. Inste a su hijo a hacer un libro sin palabras, utilizando sus propios dibujos para contar una historia.

12

14

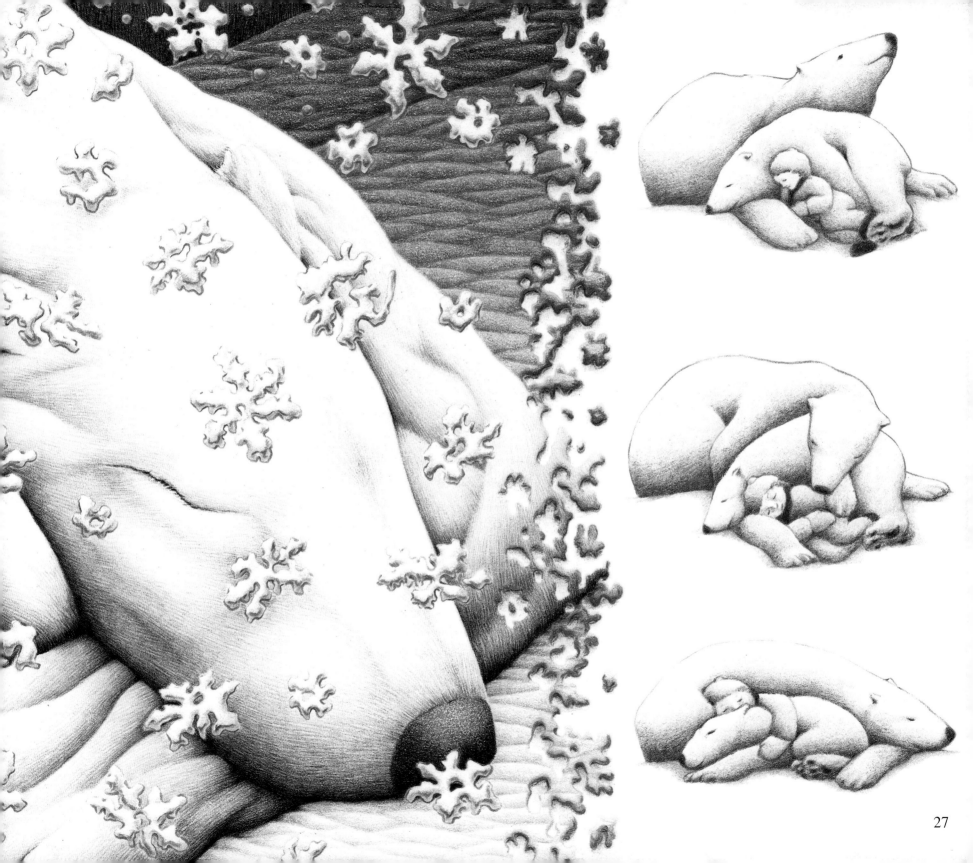

28

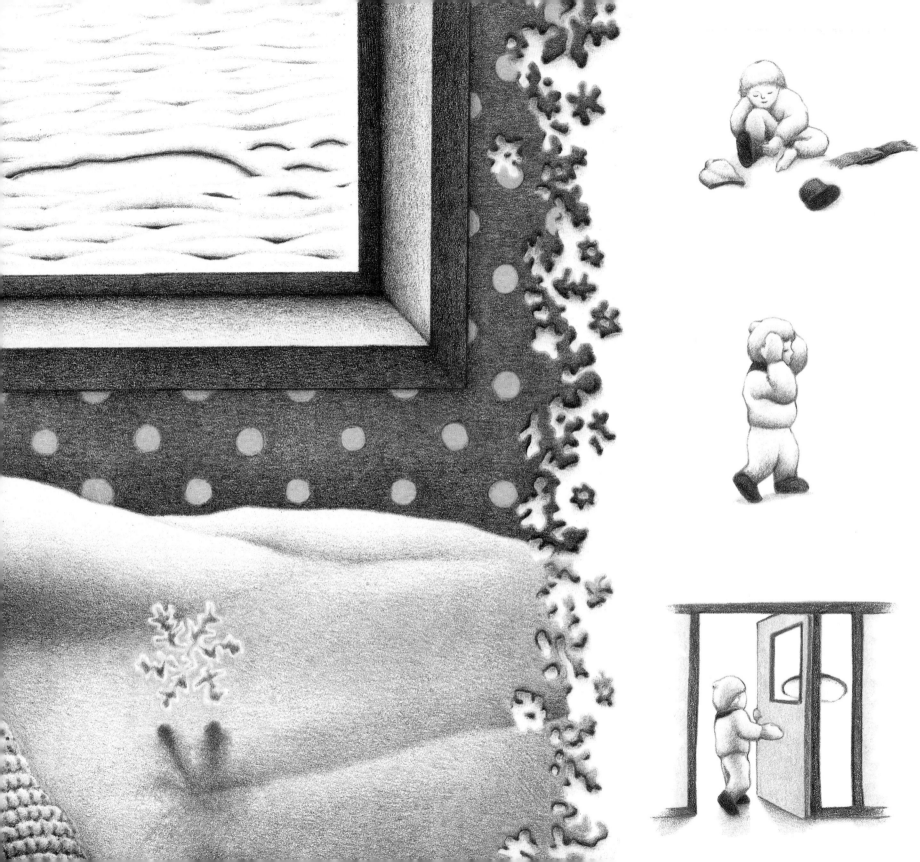

Polar Slumber

An early moon turns the white snow blue.
A soft blanket covers my yard.

Frosty crystals float and glide.
One kisses my cheek.

Every flake has its own story to tell.
Each one whispers a verse.

I close my eyes and listen to the wind
sing a sleepy lullaby.

Snowflake dreams enter my room.
A winter wonderland awaits.

Gentle, furry friends invite me to join them.
This is their home.

We explore the northern beauty
on this moonlit arctic journey.

We dance and tumble on a powdered playground.
Snow stars fill the night.

The wind sings quietly as waves of light shimmer.
Our eyelids grow heavy.

We snuggle together
in a peaceful polar slumber.

Sueño polar

Una luna temprana tiñe de azul la blanca nieve.
Una suave manta cubre mi patio.

Cristales escarchados flotan y se deslizan.
Uno me besa en la mejilla.

Cada copo tiene una historia que contar.
Cada uno susurra un verso.

Cierro los ojos y escucho el viento
que canta una nana soñolienta.

Sueños de copos de nieve entran en mi cuarto.
Una tierra de maravillas invernales espera.

Amigos peludos y suaves me convidan.
Éste es su hogar.

Exploramos la belleza del norte
en este viaje ártico a la luz de la luna.

Bailamos y tropezamos en un parque espolvoreado.
Estrellas de nieve llenan el aire.

El viento canta suavemente mientras las ondas de luz titilan.
Nuestros párpados se ponen pesados.

Juntos nos acurrucamos
en un pacífico sueño polar.